Brigitte Raab · Manuela Olten

Mamá, no puedo dormir

TakaTuka

Mamá, no puedo dormir. No me entra sueño.
Cierro los ojos muy fuerte y durante mucho rato,
pero vuelven a abrirse y sigo despierta.

Inténtalo otra vez. Tu camita es tan cómoda...
Envuélvete en el edredón, con tu leopardito, y cierra los ojos.
Todos dormimos; incluso los leopardos auténticos de África.

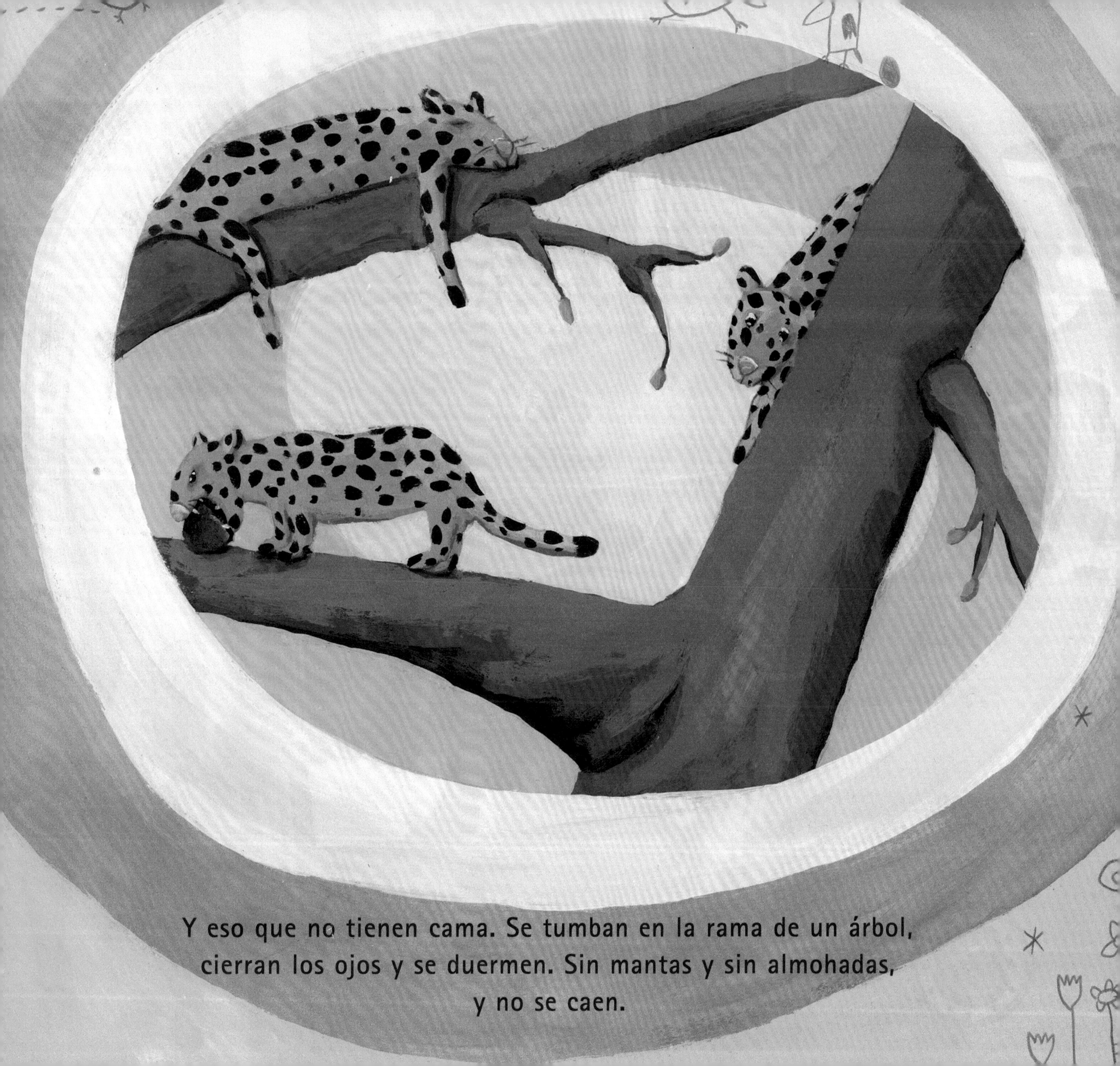

Y eso que no tienen cama. Se tumban en la rama de un árbol, cierran los ojos y se duermen. Sin mantas y sin almohadas, y no se caen.

Mamá, no puedo dormir.

Y eso que he hecho como los leopardos de África.
Pero aquí, en el árbol, no se está bien.
Tengo frío y he de tener cuidado de no caerme.
Por eso no puedo cerrar los ojos.
Y mi leopardito se ha caído ya dos veces.

Pero es que tú no eres un leopardo.
Cada uno tiene una forma distinta de dormir.
A la cigüeña le gusta dormir sobre una pata.
La otra, la oculta dentro de su plumaje.
De vez en cuando cambia de pata.

2

Mamá, no puedo dormir.

Me he puesto a la pata coja, como la cigüeña,
pero me cuesta mantener el equilibrio, para no caerme,
y ahora estoy más despierta que una lechuza.

¿Acaso eres una cigüeña? No.
Por eso no funciona.
Cada uno tiene
una forma distinta de dormir.

Los peces duermen con los ojos abiertos.
No pueden cerrarlos, porque no tienen párpados.
Para dormir, se suelen esconder en grutas o en las grietas de las rocas.
A los peces globo les gusta dormir flotando boca arriba.

Mamá, no puedo dormir.

He probado el truco de los peces y he dejado los ojos abiertos.
Pero se me cierran todo el tiempo.
Y la bañera es muy dura e incómoda.

Es que no eres un pez.
Cada uno tiene una forma distinta de dormir.
Los murciélagos duermen cabeza abajo.

Se cuelgan con las patas de una rama
o de las vigas del desván. Así se protegen de sus enemigos.
En caso de peligro, se dejan caer y se escapan volando en un periquete.

Mamá, no puedo dormir.

He querido hacerlo como los murciélagos
y ahora me pesa mucho la cabeza.
Y la barra del trapecio me hace daño en las piernas.
Esto podría servir para el circo, pero no para dormir.

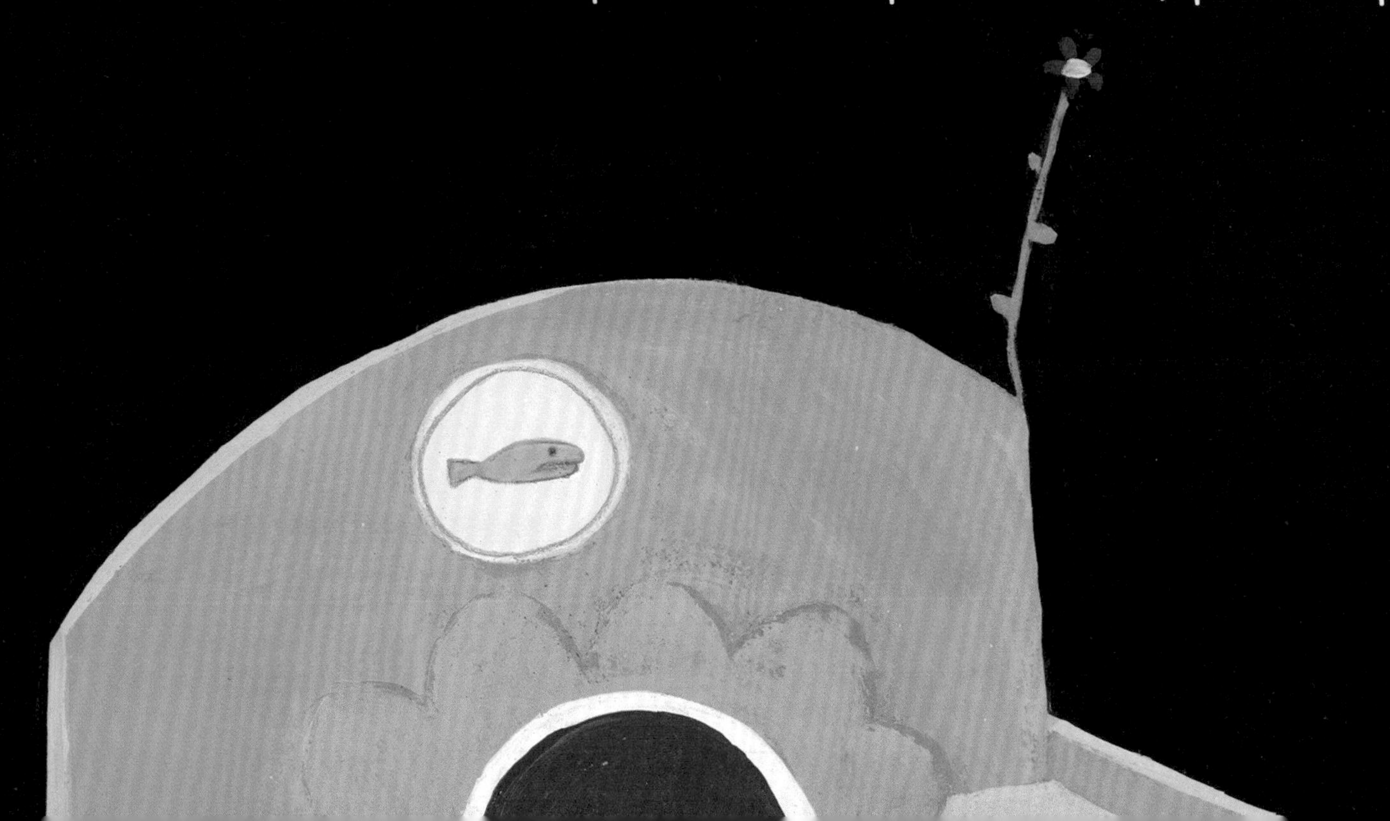

Pero ¿tú qué eres,
un murciélago o una niña?
Cada uno tiene
una forma distinta de dormir.

Los patos duermen en grupo.
Los que descansan en la parte de fuera
abren un ojo, de vez en cuando,
por si viene un zorro o algún otro enemigo.

Mamá, no puedo dormir.

Y mis muñecos tampoco.
Cuesta mucho
ir abriendo y cerrando un ojo
mientras se duerme.
Nunca en la vida conseguiré hacer
eso durante toda la noche.
¡Menos mal que no hay
zorros en casa!

Tú no eres un pato.
Por eso no funciona. Cada uno tiene una forma distinta de dormir.

A los perros les gusta dormir en un lugar confortable.
Antes de dormir se mueven en círculo
y, con las patas, se preparan un sitio cómodo
sobre el que luego se enrollan.

Mamá,
no puedo
dormir.

De tanto patear,
me he despertado del todo.
No entiendo cómo los perros
pueden llegar a dormirse
con todo este ajetreo.

Eso solo funciona con los perros; no con los niños.
Cada uno tiene una forma distinta de dormir.
Pero ya es tarde y tienes que dormirte,
pues, mientras duermes, creces.
Y cuando seas grande, podrás irte más tarde a la cama.
Por cierto, los animales muy altos, como las jirafas, duermen muy poco.
Con cuatro horas de sueño tienen suficiente.

Buenas noches, mamá.
Ahora sí que dormiré.
Así, pronto seré tan alta como una jirafa.

Brigitte Raab nació en 1966, en Thierbach. Tras realizar estudios de Ciencias Nutricionales y un período de prácticas, en la actualidad trabaja como editora y autora de libros. Sus álbumes ilustrados, en colaboración con la ilustradora Manuela Olten, han obtenido los premios, entre otros, de la Fundación Buchkunst y de la Academia Alemana de Literatura Infantil y Juvenil.

Manuela Olten, nacida en 1970, estudió Comunicación Visual, especializándose en ilustración de libros infantiles. Sus trabajos han obtenido, entre otros, el Premio de Literatura Infantil y Juvenil de Oldenburg.

Otros títulos de Manuela Olten en Takatuka:

Para nada sucias
Buena noches, Carola

Título original: *Mama, ich kann nicht schlafen*
Texto: Brigitte Raab
Ilustración y cubierta: Manuela Olten
Traducción del alemán: Marisa Delgado
Primera edición en castellano: octubre de 2014

Takatuka / Virus editorial, Barcelona
www.takatuka.cat
Maquetación e impresión: El Tinter, empresa certificada ISO 9001, ISO 14001 y EMAS
ISBN: 978-84-16003-20-4
Depósito legal: B. 18171-2014